熊谷の自宅の庭で、孫ふたり、近所の子供と。
1983年4月11日。63歳（撮影・藤森武）

目次

金子兜太　私が俳句だ

秩父音頭とアニミズム

産土の話から始めよう

今日は句をつくるというんじゃなくて、来し方行く末をしゃべると。それなら簡単だな。これからを生きていく人たちに手渡したい言葉は、いっぱいあるんだ。ありすぎるほどだね。

来年で九十九歳、白寿だ。白寿はハクション。俺の来年はハクションの歳だな。

ハクションにもなると、手渡すものがありすぎるんだ。

九十九歳を目前にした日課は、まず、日記をつけること。これは若い頃から三年日記に欠かさず続けています。

それと、立禅《りつぜん》ですな。よく、どういうものなのかと聞かれるのですが、なに、たいしたことはない。朝夕に、書斎の神棚の前に立って故人の名前を心の中で唱えていく。もう三十年ぐらい続けているんじゃないかしら。うちの宗派は禅宗（臨済宗）だが、だからということではなく、黙って立ってるから禅みたいなものだと、それで立禅と呼んでいるというだけのことです。

まずは親父とおふくろの名前、それから女房、女房の両親。最初はそれだけだったんだ。そこに師の加藤楸邨《しゅうそん》先生、それから鎌田正美《まさよし》さん、この人は日銀に勤めていたときにお世話になった先輩だ。それと大学の先輩で国文学者のホリテツ（堀徹）、郷里の坊さんの倉持光憲和尚《おしょう》。この四人の名を唱えたいという気持ちになって、さらにいろいろな人の名前がついてきた。

数えたことはないけれど、二百人くらいかな。戦争で逝った人とか、うちにいた犬や猫とか、庭の樹木も何本か入っているね。唱えると非常に気持ちが通って、言霊《ことだま》を噛みしめる感覚がある。肉体が消えても、人間の魂は消えない。私がこうして生きて名前を唱える限り、死者との絆《きずな》は断たれることがないと、そう思うわけです。

私がこの歳まで生きてきたのは、命運《めいうん》が強いからだという思いがある。その命運の強い自分をこのまま保つにも、大いに役立っているのではないかと思います。

あとは、よく眠るということだな。すこやかに五感が働いて、ごく自然に言葉や考えが浮かんでくる。その恵みをありがたく受け取る。それを重ね、日々を生きて、与えられたいのちをまっとうすること。

今日はほかに用事はないんです。十分に、話をしよう。

なに、こうして人に会うのが楽しいから、やっているようなものです。「お〜いお茶」の選句では、選者それぞれの意見を聞くのがおもしろくてね。なかでも吉行和子さんはいいね。選者が集まって、この句はどうだって意見を述べるだろう。彼女はね、その述べ方が、きわめてドラマティックなんだ。

朝日俳壇の選句がある日（毎週金曜日）は、息子と一緒に築地の朝日新聞本社まで出かけていく。熊谷《くまがや》駅から新幹線に乗って四十分で東京だ。熊谷は交通の便がいいんですよ。そこで選句してわいわいとやる。

福島文学賞の俳句部門選者を始めたのは本当に偶然だったな。加藤楸邨先生のあとを引き継いで九十歳までやってきた。そのあと震災があった。福島には転勤して暮らしていたこともあるし、震災以前から特別な親しみがあるんだ。

去年まで選句をしていたのが、東京新聞の「平和の俳句」。あれは本当によかったね。

テレビにはずいぶんと出たな。「きっと断られるだろう」と思っている連中が多かったろうけれどね、むしろこちらは「待ってました」って感じで応ずるわけだ。そうすると、みんな機嫌よくなる。あれは素顔のメディアだからね。自分の人間性がそのまま出る。それが愉しくも快適で、ぜんぜん苦ではなかった。目を患《わずら》ったときもね、(テレビ局担当者たちが)来て、撫《な》でてくれてね。「治りますように、治りますように」なんて言うんだ。なかには「先生だけでなく、私も治りますように」なんて言う面白い人もいたね。

顔面神経痛になったときも平気でテレビに出た。クロモモ(黒田杏子)さんが「ジャン・ギャバンに似てきましたね」って言うから、「よく言った、俺もそう思ってたんだ。俺はジャン・ギャバンが好きなんだ」って返したんだ。

私は、俳人もそうでない人も、どの人の話も聞くし、聞きたいんです。平等ですかね？　いや、昔から平等な感覚があったわけではないな。ただ、私はね、埼玉県の秩父という山国の育ちなんです。親父が医者で、俳句を覚えて集落で句会を始めてね。そんなわけで、俳句には、妙に親しいんですよ。おそらくね、俳句とつきあううちに、俳句が私を平等な世界へ引っ張っていった、ということではないかと思うんだ。

そう思うと、まずは、秩父の話から始めるのがいいと思うんです。私の産土《うぶすな》ですな。まあ、そう言いながらも、なにせハクションですから、おそらくあちこち話は飛ぶと思うけれど。

秩父音頭の故郷から

私は埼玉県の秩父郡という山国の育ちです。中秩父の皆野《みなの》町、隣は三沢という村。その山国が生まれ故郷、まさに産土ということだな。

五十年前から暮らしているここ熊谷も、家の近くに流れている川を遡っていくと、秩父の皆野にたどりつきます。

われは秩父の皆野に育ち猪が好き

ここから、庭の草木が見えるでしょう。庭の草木は全部、女房が秩父の皆野から少しずつ運んできては植えたんだ。土も、秩父の農家からもらってきてね。だからね、ここはまさに秩父そのものです。まあ、いまは冬だから花なんかはないが、風が吹き抜けるでしょう。秩父の風ですな。私の書斎からも、庭が見えるんだ。ちょうど机に向かうと、目の前に見えるのが大きな梅です。それから私は花梨《かりん》が好きでね、それも女房に頼んで植えてもらった。花梨は、皆野の生家にもあった木です。

父の医療で得し花梨の木花梨の実

親父の金子元春《もとはる》（俳号 伊昔紅《いせきこう》）は医者で、上海で校医を務めてから帰国して、皆野町で金子医院を開業しました。

獨協中学時代の同級生に水原秋櫻子《しゅうおうし》がいてね、その影響でのちに俳句を覚えて、「馬酔木《あしび》」の支部句会を立ち上げた。月のうち二回ぐらい、うちで句会をするようになったわけです。

なにせ、皆野は小さな集落だ。しかも医院はうちだけだったから、集落の誰もが顔見知りなんだ。それで、近所の連中がやってきては俳句をつくるようになると、急速に皆野町に俳句が広がったんです。そんな歴史があってね。

そういうところで私は育っているものだから、俳句とは妙に親しいんですよ。おそらく幼いうちから、自分のなかにプライドとして、俳句では誰にも負けないという気持ちがあったんじゃないかな。

それはいまも私を支えていますね。私は、俳句によって支えられた、と。

俳句は、五七五で書く短い詩である。そして、俳句は人から教えられるものじゃない。自分で見つける創作である。そういうことを、私は最初に学びました。

五七調や七五調は、古事記や日本書紀の時代から続く、日本の言葉のリズムです。話し言葉や書き言葉でも、このリズムが我々の体に自然と染み込んでいる。

私が五七五に馴染んだのは、やっぱり秩父音頭という民謡を耳にしてきたことが大きいな。明治神宮では、遷座祭《せんざさい》というのがあるんですが、その昭和五年の大祭で、親父が埼玉県代表の芸能として秩父音頭を奉納した。というのは、当時の埼玉県知事が、親父をちょっとしたことで知っていて、芸能なら埼玉県では秩父だ、ということになったらしい。これは大変誇らしいことでした。

秩父音頭は、昔は盆踊りとか豊年踊りとか呼ばれていて、踊り方もいまみたいに洗練されておらず、適当に踊っていたんだ。歌詞も、あんたの前では言えないような卑猥《ひわい》なものでね。それを親父が懸賞募集して、新しい歌詞をつけた。つまりいま歌われている秩父音頭は、親父がつくった歌詞なんです。踊りも蚕《かいこ》を手にするようなしぐさを入れて、「秋蚕《あきご》仕舞うて　麦蒔《ま》き終えて　秩父夜祭り　待つばかり」なんてやってね。でもなんといっても一番の「鳥も渡るか」がいいな。

ハァーアーエ　鳥も渡るか　あの山越えて　鳥も渡るか　あの山越えて　コラショ　雲の　ナァーエ　雲のさわ立つ　アレサ　奥秩父　ソウトモソウトモソウ

ダンベ　アチャムシダンベニ吊シ柿　コラショ

いまでも思い出しますよ。うちの庭で毎晩、明治神宮に奉納する秩父音頭の練習会を開いていて、囃子や歌を子守唄代わりに眠ったものです。

秩父音頭の、七、七、七、五。あの土着のリズムや掛け声が、離れないんだな。

備考：秩父音頭の歌詞改定に至るいきさつについては、浅見清一郎著『秩父――祭と民間信仰』（昭和四十五年、有峰書店）及び栃原嗣雄著『秩父の唄』（昭和五十年、ちちの木の会）に詳しい。それによると、秩父音頭は昭和初年まで盆踊り、あるいは豊年踊りと呼ばれていた。「ぼうふら踊り」といってモジリズッポウにモモヒキ、ワラジバキで顔をホオカブリで隠し、男が女の衣裳をつけたり、背中に籠を背負ったり、セイタに薪をつけて背負ったり、風呂敷包みを背負ったりといういでたちで踊りまわった。踊りに決まった形はなく、自分勝手な身振り手振りで踊った。櫓《やぐら》の上では「櫓声」といわれる大声の男衆が声を張り上げて歌った。

秩父昔から踊りの国よ
　踊り踊らにゃ名がすたる

主のためなら賃機《ちんばた》夜機《よばた》
　たまにゃ寝酒も買うておく

やがて夜がふけ、踊りも熱気を帯びるにつれて歌詞も変化し、卑猥な言葉や社会批判を織り交ぜるようになる。

わせだわせだよとうもろこしゃわせだ
　三月たたずに毛が生える

山でする時ゃ木の根こが枕
　落つる木の葉がサクラ紙
マ〇のでっかいのが郡役所に知れて
　三日三晩のマ〇けずり

郡役所とは明治政府の出先機関であり、ここでは何にでも税金をかけてくることを批判している。ここに至り、豊年踊りは風紀紊乱《ふうきびんらん》を理由に禁止された。警察は第二の秩父事件の勃発を恐れたのである。

昭和五年十一月三日、明治神宮遷座十周年大祭の奉納舞いとして秩父屋台囃子とともに秩父の豊年踊りが選ばれ、金子元春によって新たに歌詞が募集され、踊りの振り付けも優美なものとなり、日本青年館において公開された。これが現在の正調秩父音頭である。

しかし、山村では依然、自作の歌詞による盆踊りが行われていたという。兜太も句会のあとの宴会で、酔うと山村風の歌詞を歌って踊っていたという。

唯美主義と助平

話はそれるんだが、秩父といえば最近スクープがあったんですよ。ドナルド・キーンさんがね、私の郷里の秩父、その秩父市の学校に来ていて、一時期たびたび話をしに来ていたというんです。

これは、私の同人に秩父で銀行員の奥さんをしておった篠田というのがいて、その人が句集をつくることになって、私も手伝った。その過程のなかで、篠田が私に話してくれたんだ。キーンさんと秩父ということを通じて多少の縁があった、という話だな。まあ、ご縁といってもふんどしの紐ほどにもない縁だが、キーンさんが秩父に通っていた、ということが大事なんだ。

その秩父の皆野に七人衆というのがおりましてね。私にとっては兄貴みたいな連中で、まあ、与太者《よたもの》ですな。その七人が、親父の俳句会に参加していたんです。彼らはもちろん句をつくるわけだが、文芸を通じて女性の話もよくしていたね。私はまだ小学生で句会には混ぜてもらえなかった。それで、句会が始まると障子の陰に隠れて、七人衆や親父の応答を聞き漏らすまいと一生懸命耳をすませたものです。

山国だから皆、男女のこともいろいろ盛んなんですよ。俳句をきっかけに、いろいろいろいろあってね、大胆なんです。あの頃の恋愛事件なんか、忘れられないのがいるんじゃないですか。皆野駅のすぐ前に「吉見屋」という鰻屋《うなぎや》があって、句会のあとはそこで酒飲んで、自分の好きな女性と一晩ぐらいころころと寝て。田舎の町の青年たちが、そんな粋な生活をしておった。

女流の俳人か。そういう人は、いなかったなあ。いなかった。俳句をつくっていた人もいただろうが、句会には来なかった。当時は男流俳人ばかりで、奥さんと呼ばれる女性は家庭の用事で呼びに来るだけで、句会には現れなかった。つまり男だけの、独特の乾いた環境だった。そのことが、自分ののちのちに大いに影響を与えていると思います。知的野性の男たちと俺は呼んでいるんだが、彼らが自分たちの暮らしを、生きていくそのありかたを俳句に込めようとしていたその姿勢に、俺は惹かれたんだな。

皆野は、経済的には貧しかったが、文化的に豊かだった。七人の侍がいることもそうだし、艶《つや》めいた伝承も、むかしばなしも、ロマンティックな話も残っていることでもそう言える。つまり、文化というものを知っとったんです。それは、明治十年代の秩父困民党以来続いてきたことです。徳川時代にいち早く開けたのは秩父の文化面だった。中山道や秩父街道を通って人が集まってきて、繭《まゆ》の取引だけでなく、艶っぽい町でもあったわけです。

振り返ればあれは、実に不思議な時代でした。助平《すけべ》と唯美《ゆいび》主義の時代であり、同時に新鮮な時代でもあった。そうやって皆野町の一隅に、文化が花開いたんだ。一見、少年の目から見たら華やかな町。私の少年期は、そういう華やかな少年期。懐かしいですよ。

それで思うんだが、俳句には、唯美主義と助平、どっちも必要だね。唯美とはつまり美の美しさということだが、唯美だけではだめなんだ。いうなれば、美そのものが魅力であるなかに、猥雑さがあることで魅力が加わっていくんです。これは少年期から思っていましたね。

母は私を「与太」と呼んだ

親父の話から始まってしまったが、私がいまも元気でいられるのは、おふくろのおかげだと思っています。おふくろは手すき和紙で知られる小川町の出でね、美人で丈夫な人だった。百四歳まで長生きしたんですよ。私はおふくろに似たんだね。

おふくろは、親父と結婚すると、私を先頭に六人の子を産んだ。私を取り上げた産婆さんが「うんこのように、ちょっといきんだらすぐ跳び出してきた」と言うのだから、相当な安産だったんだろう。

長寿の母うんこのようにわれを生みぬ

おふくろのことを思い出すと、なにかに耐えるように、土蔵の裏でひとり黙って立っていた姿を思い出すね。大家族の嫁として、苦労に耐える人生だった。

おふくろは、「俳句なんかつくるんじゃないよ」となんども私に言いましたよ。

おふくろは、おやじが開く句会の接待をひとりで切り盛りしていたから、そこに集まる荒くれどもの仕業を見ていたわけだな。酒を飲んで手打ちうどんを食べて、そうこうするうち、じきに喧嘩が始まる。それを親父がなんだか嬉しそうに止めているんだ。

そんなのを見ていたから、おふくろは「俳句というのは、人に非《あら》ざると書く。あんな人になっちゃだめだよ」と私に言い聞かせていたわけです。

結局私は医者も継がずに俳句の道を進んだ。人前では愚痴を一言も言わないおふくろだったが、俺が「医者を継がない」と親父に宣言してから、ふたりきりになると「なんで継いでくれないんだよ。継いでくれたら、私も楽になるのにねえ」と言っていた。これは、なかなか堪《こた》えました。

そんなだから、おふくろは私のことを「兜太」じゃなくて、終生「与太」と呼びました。最期に聞いたのも「与太」だったね。亡くなる二ヶ月ほど前に、医院を継いだ弟のところに母を見舞いにいくと、母が私の顔を見るなり「与太が来たね、与太が来た。ばんざーい」って笑ったんですね。ほほえましい姿が、目に焼き付いています。良い最晩年だったと思います。

生きもの感覚をもって生きる

もう少し、秩父の話をします。秩父の神社では狼を祀っていて、狛犬の代わりに狼がお社《やしろ》を守っているんです。産土を代表するのは両神山《りょうかみさん》ですが、晴れた日にはここ（熊谷）からもその姿が見えますよ。あの山には狼がたくさんいたという伝説がありましてね。土地の人たちは狼を龍神と呼ぶそうだから、両神という名前もそこからきたのではないかと、私は思うんです。

おおかみに蛍《ほたる》が一つ付いていた

ここ（熊谷）に建てた家も、秩父の魂が宿っています。

秩父に気の利いた棟梁《とうりょう》がいて、これがなかなか粋な男でね、秩父の木でほとんど一気に、自分の能力だけで建てたわけです。棟梁を動かしていたものはなんだろうと思うと、おそらく、私には見えない世界を見ていたと思うんです。

家をつくるときには、設計士と棟梁がいるわけですね。実際には設計士がつくった形で棟梁が家をつくるんだけど、つくるのは棟梁だっていうことが、棟梁には非常に自慢なわけです。それで俺の少年期にはね、家ができると、大工の棟梁はその家が自分の女性のように思うわけだな。そういう二位一体現象が生じるんですよ。芸術家と作品との間に、二位一体ということが生じる。それと同じで、ただ家が出来上がっただけではダメなんです。棟梁と家が男女の交わりをもつ。

それが家の仕上がりなんです。

そんなこと、誰も表立っては言いませんよ。私もある年齢までいってから聞いて驚いたんだ。そして、妙に納得したね。

本当の家が出来上がるときは、棟梁と家が結婚する。だからそうした家は、棟梁が非常に愛するわけです。

このあたりが、秩父人の面白いところですね。ちょっと淫靡《いんび》な。私はこういうことが好きなんですよ。おおらかで、ああ、万葉集みたい？　イエス、イエス。まんにょうしゅう、お乳とでも書いて、万乳集という感じですな。

面白いのは、棟梁と新築の家とが心と魂を通わせて男女の関係を結ぶのを、施主は平気で見過ごすわけ。そこまでいくと、本当に家が、三位一体で出来上がったということになる。この家もそんなひとつで、だから住んでいていろいろ欠点はあるだろうけれど、私は棟梁にそういうことは一言も言わないわけです。

まあ、いまでもしっかりした棟梁はそれをやっているんじゃないかな。また、建ててもらった家も、それを頭のなかにおいて建ち続けているだろうし、それをやんないとなんとなく物足りない感じなんじゃないかしら。

俺の若い頃は、そういう話が普通だったな。あの山河のなかで、長く家が建ち続け、生きながらえるということは、そうなんだと思うんですよ。

それで思い出したんだが、子どもの頃、私は漆《うるし》にかせ（かぶれ）やすくてね。というのも、おふくろ譲りの餅肌なんだ、触ってもらったらわかるんだが。

それでちょうど十五年戦争が始まる頃のガキ大将だったから、仲間と連れ立って林の中でもなんでも、戦争ごっこというのをやるんだな。秩父は山の中だから、あちこちに漆の木がある。まずは樹液に触れた手からかせて、小便をすると、こう、その道具がかせる。痒《かゆ》いから掻いて、その手でごはんを食べるし、大便をすればお尻を拭くだろう。そうやって広がっていってね、体じゅうかせるんです。小学校六年になったとき、それを見ていた叔母が「兜太、お前は漆の木と結婚しろ」といって、私を漆の木のそばへ連れていったんです。

まずは、漆の木に酒をかけ、その酒を猪口《ちょこ》に注いで私に飲ませた。これで結婚した、というわけです。いまでも覚えていますよ。それで、「ああ、俺は漆の木と結婚するから、もうかせないだろう」と、妙な自信がついた。実際、それからかせたことがありませんね。

漆も樹液も生きものである。そして人間もまた、生きているという点では漆と同じだ。このアニミズムに根ざした生きものの感覚を、秩父という山国で育った私は、子どもの頃から体に染み込ませてきた。そんな思いがあるわけです。棟梁と家との関係にも、そんな体験があるから納得がいくんだな。

土を踏んでそこに立つ

以前、鶴見和子さんが「踊りでも俳句でも短歌でも、日本文化はすべていのちとつながっている。つまりはそれがアニミズムだ」と言ったとき、私は思わず膝を打った。

自然はもっともおおいなる生命体であり、それを母体に、日本文化は生まれてきた。だから日本文化とアニミズムはつながっているんだ、と言っておられた。

アニミズムの話でいうとね、小林一茶《いっさ》は「六十歳で俺は荒凡夫《あらぼんぷ》になりたい」と言っておるのです。「荒」とは、私の解釈では「自由」だ。自由で平凡な男になりたい、とこう言っているわけです。

芭蕉なら「自分は翁《おきな》だ」となるけれど、一茶は「愚の塊の平凡な男だ」という。

本能の自由のままに生きていく男というのは、はたからみれば俗物です。それでも一茶は珠玉の句をつくる。なぜなら、彼は生きもの感覚に優れているんです。アニミズムに支えられているんだ。一茶はアニミストだったと思います。一茶の残した句に、こういうのがあるんですよ。

蛍来よわがこしらへし白露に

これは一茶が長女を亡くしたときに詠んだ句でしてね。白露というのは儚《はかな》くて、無常の塊です。それをなめていたわってください、と蛍に呼びかけている。生きものに対する素手のいたわりと言うべきかな。これがアニミズムの根本だと思うのです。

私自身もアニミストだと思っていたけれど、昔からそう気づいていたわけではないんです。私のアニミズムへの関心は、女房と、この熊谷の「地」に培われた。女房とは、戦後、復員して日本銀行に勤め始めてすぐ、一緒になりました。それからは転勤が多くて、社宅暮らしやアパート住まいが長く続いていてね。私が四十八歳のとき、女房が「地の上で暮らしていないと、あなたのような男は駄目になる」と言って、いまの土地を探してきたんです。

ここで五十年以上、土を踏んで立つうちに、「地」への関心も、それから一茶と山頭火《さんとうか》への関心も深まった。社会生活者としての人間ということから、生《なま》な存在者としての、人間の「ありてい」に、関心が移るようになった。

土を踏んでいることに誇りをもたない人間はおっちょこちょいだと思っています。存在者、なまなましい人間には、土が欠かせない。土がなければ海、水があればいい。土や水になじんでいく。

俳壇からは「金子兜太は変革を捨てた」とか「後返り」とか散々に言われたけれど、自分では熊谷に居を定め、土を踏んで立っているという実感もあったから、自然な流れだと思いながら自分を見つめていました。

女房は先に逝きましたが、いまの自分があるのは、女房のおかげだな。

人間は本来、誰もがアニミストなんです。けれども、それに気づいていない。もっと生きもの感覚を磨くことだ。もっと自由に、勝手に、平凡に生きればいい。アニミストとして、生きものを大事にできる人間におのずからなってほしい。そう思います。

大きな神様を相手にする感触

一生を決めた句会と仲間と

昭和七年に満州国建設があった。日本が第二次世界大戦に突入していった、その始まりです。満州国設立を祝う意味もあったと思うね。あの頃なんとなく浮かれていた皆野町を思い出しますよ。

皆野小学校を卒業して旧制熊谷中学に進んだあと、私は旧制水戸高校文科乙類に入学します。水戸を選んだのは、骨太の感じが気に入ったからです。浦和高校は特徴が見えなくて嫌いだったんだ。水戸高に入学した頃はちょうど上海事変の頃で、町行く高校生たちが非常にはしゃいでおって、「中国戦線でも日本が勝った」ということで、ふんどし一本でデカンショをやって練り歩いていました。そうした青年時代のかたや、戦争が進んでいく。そんな時代でした。

水戸高で出沢三太《でざわさんた》という天才的な男と出会ったのが、俺の人生を決めたんだな。私は入学と同時に柔道部に入ったんだが、どうも自信が持てなかった。そんななか、学生の集まる居酒屋のおかみさんが、サンチャン（出沢）に引き合わせてくれたんです。サンチャンは私より一年上でね、麻布中学を出て、バスケットボール選手として鳴らしていたし、英語がうまい。出沢珊太郎《さんたろう》というペンネームで、すでに学生文芸の世界でも活躍していた。

知り合うなりサンチャンは、「今度、学生句会をやるから見に来い」と誘ってくれました。最初は「おふくろを泣かせてはいけない」と思って断ったんだが、しかしね、彼は実に魅力的な男なんだ。「こんな面白い男が始めたことなら」と興味がわいて、出かけてみたんです。

句会をぼんやり見ているとサンチャンが、「見ていないで、お前もつくれよ」と言うんだな。困ったなと思いつつも、「ならばやってやれ」という気持ちもわいてきてね。苦し紛れにつくったのが、

白梅や老子無心の旅に住む

たまたま北原白秋《はくしゅう》で、老子が無心の旅に出たというような詩を読んでいて、水戸の梅は知られているしということで、ぱっと思いついた。それだけなのです

が、「なんだ、いいじゃないか」と思いのほか褒められてね。それで嬉しくなった。まあ単純なんだが、それまで何をしても自信がなかったのが、この句ひとつで自信が生まれた。

この一句が私の一生を決定的に、俳句と結びつけてしまったわけです。

俳句では誰にも負けない

それからは俳句づけの毎日でした。俳句の好きな先生方が集まってくれて、すぐに水戸句会ができた。夜になると教授の家に集まって句会をする。家を貸してくださる教授も、実に個性的でね。長谷川朝暮《ちょうぼ》先生は戦後、ペルシアの詩人ウマル・ハイヤームの『ルバイヤート』（留杯夜兎衎義、吾妻書房）を訳された。目玉がぎょろりとして、縁のない細長い眼鏡を大きな鼻にこう、かけておられる。酒豪で、毎晩ウイスキーを飲んでいたね。対して吉田両耳《りょうじ》先生は寡黙謹厳、宋朝の美男子、趙子昂《ちょうすごう》を深く研究しておられた。おふたりとも、いかにも自由人という空気をまとっていた。

水戸句会は、皆野町の句会とはまったく違って、もっとスケールの大きな句会でした。四の五の言わないでサラッとしていた。そのくせ、下手な俳句がみんなから褒められたりという珍現象もあったな。たとえば俺が「それはよくねえな」と言うでしょ。そうすると「いやいや、そりゃいいぞお」と応酬する奴がいる。妙に乾いて、明るい雰囲気でしたね。それが俺には合っていてね。

やがて出沢のすすめで「成層圏」にも参加して、本格的な俳句の世界に足を踏み入れた。その頃には「俺は、俳句ではもう誰にも負けない」という自信があったね。

「成層圏」というのは、竹下しづの女《じょ》さんが主宰していた全国学生俳句雑誌です。竹下しづの女さんは北九州の女流俳人でね。よく知られている句に「短夜《みじかよ》や乳ぜり泣く児を須可捨焉乎《すてっちまをか》」というのがある。これは俳句雑誌「ホトトギス」でも虚子から褒められましてね、巻頭に掲載されていた。

あのかたの句は学生たちにもてましてね。「すてっちまをか」なんて言葉を使うところからもわかるとおりで、反骨がはっきりしているんだ。男尊女卑の時代に、敢然として主張する。反対するものは反対する、賛成するものは賛成すると、はっきりしていた。非常にドライな句です。それが我々は好きだったね。

それでずっと竹下しづの女さんを慕っているうちに、ご本人が雑誌を出そうじゃないかと言ってくれて、出したのがあの「成層圏」だった。それが学生俳句の機運になったんじゃないかな。

「成層圏」には毎号、全国から高校生が俳句を出した。私も五句ずつだったか三句ずつだったか出した。新鮮でしたよ。昭和のはじめに学生たちが、自分の創作を発表する形式を求め得たということにおいて、画期的な行為でした。しづの女に対する虚言放言は、我々にとってはほとんどどうでもいいことでした。言えるのは、あれは立派な詩人だということです。

もうひとつ、この雑誌に時折、しづの女さんの推薦で、「萬緑《ばんりょく》」の中村草田男《くさたお》と、「寒雷《かんらい》」の加藤楸邨の句が掲載された。どちらも、その頃の俳壇の中心人物だ。ふたりの句に触れられたことも、私にとっては幸運でしたね。

楸邨は人間の生の声を吐き出し、草田男は季語を用いながら西欧文学の教養を生かして俳句をつくる。私は、作品的には草田男に惹かれたが、人間的には楸邨だった。とにかく大物なんだ。

俺の句がなかなか取り上げられないので、楸邨の選句を批判する文章を書いて持っていったことがある。すると楸邨はね、「寒雷」にそれを見開きで載せてくれたんです。驚いたね。そういう人なんです。楸邨という人は、弟子を指導する気はなくて、添削もしない。それでも人柄で大勢の弟子が集まって、いつでも熱気がある。自由なんです。

備考：昭和五十九年の楸邨の句に、「初日《はつび》粛然《しゆくぜん》今も男根《だんこん》りうりうか」がある。これには「『印象に残る賀状を』と問はれたので、二十年あまり前の金子兜太の『男根隆々たり』といふのを挙げた」という前書きがつき、ふたりのおおらかな師弟関係を感じさせる。

戦争が近づいてきた

出沢に連れられて、嶋田青峰《せいほう》さんに会ったことも、いまとなっては忘れられないね。青峰さんは新興俳句を率いるひとりでした。早稲田のほうに住んでいたので、会いにいったんです。それで、二階に上がりこむなり、ふたりして非常に親しげに話をしていたものだから、「知り合いなんですか」と尋ねたら、サンチャンが「なんとなく、このおじさんは俺と気が合うんだ」なんて言ってね。嶋田さんは穏やかで、学者肌というか、野人風というか、なんとも土臭い人でしたよ。あの頃は喫茶店なんかに集まって句会をしていると、いつの間にか部屋の隅に背広の男がいて、盛んにメモをとっているんです。特高ですね。

俳句は時代を敏感に反映する妙な力をもっている。だからあの時代に、目をつけられていた。そして、昭和十六年に治安維持法が改正公布されて、それをきっかけに新興俳句弾圧事件が起こるんです。季語のないものを俳句なんていっているのはけしからん、捕まえちまえ、と。青峰さんも入獄して、牢屋のなかで喀血《かっけつ》し、釈放されてからまもなく亡くなるんだ。そんな痛ましい時代があったということを、若い人たちにも知っておいてほしいね。

すでに日本は戦争に突入していました。そんななかで、戦争の気配が句にも入ってきた。句会も次々と解散し、やがて「成層圏」も潰れてしまいます。学生だけのグループをつくると続かないことがわかってきますから、今度は民間人の交わりのなかで俳句を発表していくようになる。けれども、それもすべて潰れましたね。

戦争が廊下の奥に立つてゐた

この句をご存じですね。渡邊白泉《はくせん》か。これも学生によるもので、現代俳句協会がそれを拾い上げています。

こういった句を警察が取り上げては、作者を検挙して罰を加えたわけだ。私の先輩も、爪を剝がされちゃったりね。

俳句は誰でも親しめる短い詩だけれど、それでもつくる人々は、大きな神様を相手にするような感触ではなかったかと思います。

おそらく取り調べるほうだって、雲をつかむような気持ちだったんじゃないかしら。


あの頃、戦争に入っていくことは生活の一部みたいに思っていた。それでも、金子兜太は人間がやわな男だからね、抵抗ということは考えなかった。いや、どこかには時代に抵抗する気持ちもあるのだけれど、怖くてできない。もっぱら逃げ歩いて、ひどい目に遭わないよう願っていた。それでいて、誰かが戦争のことをいろいろと詠んだ句がどこかで密かに発表されると、それを読んでいたというわけです。

当時の私は俳句ばかりやっていた。水戸高校を卒業すると浪人して東大に入り、そこでも俳句ばかりで、学業には専念しなかった。そうやって俳句に没頭することで、体の奥にくすぶる抵抗的な気分から自分をとぼけさせて、世の中を横目で見ながらその時代をやり過ごそうとしていたのだろうと思います。

そうこうしているうちに、昭和十六年十二月八日、真珠湾攻撃となるわけです。俺は阿佐ヶ谷の叔父の家に下宿して、そこから東大に通っていたときだった。その朝ラジオできいて、「おっ、これはいかん」と思いましたね。というのも、必ず戦争をやるだろうと思っていたからです。連合艦隊が動くということは、なんとなく報道で知っていますからね。ハワイでやるかなという思いももっていた、そこにドカンときたから、すぐわかった。「ついにきたか」、俺の頭ではそんな感じだった。

不意打ちなんていうのはうそです。もちろん、狙いは不意打ちなんですよ。でも実のところは不意打ちなんかじゃない。なんとなくわかっている雰囲気の中で、戦争が開かれた、ということなんですね。

ああ。いまの空気に似ている、と思いますか。

いまの空気を、「やだなあ」と思いますか。どんなときに思いますか。

わかりますか。ええ。感じるでしょう。戦争っていうのはそういうもんだね。

私なんかもそう思う。これから始まることのような気さえする。

あれは、決して過ぎ去ったことじゃないと思ってます。それを、感じてほしいですよ。そう願いますよ。

「私たちの時代に来るんじゃないか」と感じてほしい。いや、「感じてほしい」じゃない、「そんな時代にしてはいけない」と思ってほしい。注意してほしいと、そう思います。

南洋の墓碑が見守っている

トラック島での戦場体験

三年ほど前（二〇一五年）に金沢で俳句大会があって、その挨拶のときにこんなことを話しました。

「残りの人生で、トラック島での戦場体験を、誰にでもわかりやすく具体的に語り継ぎたい。そして戦争なんてもののない、おだやかで落ち着いた平和な暮らしこそ、人間の生きる道だという当たり前のことを、みなさんにお伝えしたい」と。

トラック島（現ミクロネシア連邦チューク諸島）の体験。あれが一番露骨な、戦争への接触でした。

昭和十八年の九月に半年繰り上げで東大を卒業すると、私は日本銀行に就職します。だが、勤めたのはわずか三日だった。すぐに退職して海軍経理学校に入り、翌年三月に卒業すると即出征となり、海軍主計中尉として南洋のトラック島、第四海軍施設部に赴任したわけです。激戦地ラバウルの補給地でもありました

郷里の秩父は、養蚕で生活する町でした。それが昭和恐慌で繭の値段が暴落し、皆貧乏になった。郷里に帰ると集落の人が言うわけです。「兜太さん、戦争に行って勝ってくれ、そうすりゃわしらは楽になるだろう」と。学校にいるときには、戦争はくだらんと思っているのに、郷里の人に言われると妙に雄々しい気持ちに

なって、この郷里の人をなんとか救いたいと思う。敵地に行く以上は第一線で戦いたいと希望して、トラック島になったのです。

横浜の磯子に泊まってから、朝早い輸送飛行艇で、サイパンに立ち寄ったんです。そこからトラック島に飛んだ。サイパンでは、俳句はできないで、碁ばかり打っていた。碁のできる士官がいましたから。ここで二泊したね。

磯子からサイパン、サイパンからトラック島と。その過程はね、なにか半分投げ出したような感じでした。「もう戦争だ」という調子で、青年が揉まれていったわけだ。

トラック島に着陸してみると、私が着く前に米軍の空爆を受けていて、島じゅう黒焦げなんだ。正直、「日本は負ける」と思いました。

島に降りてすぐ、矢野兼武《そえむ》海軍主計中佐という、副官級の男のところに引っ張っていかれた。そのときに彼が、「戦争っていうのはね、勝つっていうこともあるけれども、勝たねえってこともあるわけだ」と言ってニヤニヤと笑っていたのを覚えています。

あとでわかるんだが、矢野さんは海軍詩人で有名な人（西村皎三《こうぞう》）だったんですね。空襲を受けて防空壕に入っているときなんかも、分厚い手帳を開いては詩を書いていました。ラバウルからインコを連れてきてかわいがっていてね、そのインコと顔がよく似ていたな。

私は甲板士官というのになって、直属部下となった工員たちの風紀を取り締まった。二百人ほどだったね。そのほとんどが、肉体労働で生きてきた男たちだった。博打《ばくち》はやるし、やくざ者も、刺青《いれずみ》も珍しくなかった。島に女性がいなくなると、男色が一気に広がりました。そういうのを取り締まるわけです。

彼らは生《なま》な人間、存在者そのものでした。恥も外聞もない、人間そのものの原形なんだ。連中を見ているうちに、彼らこそ人間の鑑だ、人間の美しさもバカバカしさも如実にあらわす、神様のような人たちだ、と二十五歳の青年だった私は思うようになったのです。

しかし、戦場の日常には死があります。機銃掃射を浴びて隣にいた人が倒れていったり、仲間が吹っ飛ばされたり。掘っ立て小屋が一発の爆撃で吹っ飛び、三十人くらいの手足と首と男根までもがポーンと飛んできたこともありました。笑いと悲しみと怒りが錯綜《さくそう》して耐えられない。もっとも美しい、頼りになる人間の原形が、何もなければいきいきとして生きるべき状態の中で、どんどん殺されていく。これが戦争だ。

あるとき、手榴弾の実験をすることになったんだ。上級の兵隊らは実験をさせんというので、一番身分の低い工員を実験にあたらせてね。

その工員が手にしたとたん、手榴弾が爆発した。あっと思ったら、体が宙に浮いて落ちた。右手がふっとんで、背中はえぐられて肉の運河ができているんだ。見れば即死とすぐわかる。それでもその体を仲間みんなで担ぎ上げて、わっしょいわっしょいと言いながら、二キロ先の病院へ向かって走り出した。俺も一緒に走ってね。

走りながら、人間っていいものだな、と思ったんだ。ふだんは身勝手な連中が、仲間をなんとか救いたくて、本能で行動したんだ。そして、こんな酷《ひど》い死を力ずくで実現させてしまう戦争は「悪」だ、と強く感じましたよ。

椰子《やし》油のランプを灯して

戦時中、俳句はどうなっていたか、と。うん、それはいい質問だ。俺自身、俳句ができるときとできないときはあったが、いつでも俳句が近くにあった。とはいいえ、それもあまり興味がない状態で、一種の、やっぱり投げ出したという気持ちだろうな。

それでも、戦争中も句をつくる人はね、ほとんど減らなかった。俺はそう思ってる。というのも、日本人は戦場でも、短刀なんかと一緒に、句を書いたものとか句集とかを身につけていたんです。それがアメリカのチンピラ連中にしてみると、欲しくてしょうがなかった。


それから驚くことに、トラック島でも私は句会をやっていたんです。

事の起こりは、こうです。

あるとき矢野さんが私を呼び出して、「金子中尉、どうせこの戦争は負ける。そうするとこの島は孤立する。補給は全部断たれ、暗くなる。だからお前、ひとつ、句会でもやって、皆を元気づけてやれ」と。

矢野さんが内地異動になる数日前のことです。彼はこう言い残して、トラック島を発ちました。だが、その途中のサイパン島で矢野さんは戦死してしまう。たしか四十二歳、結局あの言葉が彼の遺言になってしまいました。

俺は、こんな投げ出したような気分のなかで句会なんて、面倒だし、どうなんだろうという気持ちもありましたが、陸軍少尉の西澤實《みのる》というのが俺と不思議と気が合ってね、「ぜひやろう」と言って働きかけてくれたこともあって、始めたわけです。

句会は月に二回。椰子油のランプをつけて、米機の奇襲に備え、いつでも防空壕にとびこめるように準備してね。二十人ぐらい集まっていたと思うな。施設部の工員もいれば、陸軍の軍人もいる。陸軍と海軍は仲が悪いと相場が決まっていたけれど、ここでは和気藹々《わきあいあい》としていました。

『築城《つづき》』という句会報をガリ版で刷って、句を発表していてね。

句会の日は主計科がやりくりして、さつまいもで水みたいな粥《かゆ》をつくり、カレーにした。せめてものサービスのつもりだったからね。「あのカレーに釣られてきていた奴もいたな」って、西澤はのちのちよく笑っていましたな。

飢えと闘いながら

まあ、句会が続いたのも、三ヶ月か四ヶ月でしたね。

そのうち内地からの交通も途絶えて、食糧難になってくると、句会どころじゃなくなってね。耕せる土地を探して、夜盗虫《よとうむし》を退治しながら足りない食料を補充すべく、サツマイモを栽培する。必死でした。

餓死する者が毎日のように出てきた。トカゲでもコウモリでも、食えるものはなんでも焼いて食いつくすんです。そのうち空腹に耐えられず、捨てたフグとか青草を拾い食いした奴が下痢を起こすでしょう。そうすると全身がどんどん小さくなっていって、体重が四十キロを切るほどまで痩せていく。最後にはお地蔵さんのような顔になって、眠るように死んでいくんだ。そうやって、五十人ぐらい死んだ。それを、体力の残っている者が山の上に運んでいって、穴をほって埋める。だが、みんな栄養失調でふらふらだ。ひとり運ぶのに五人六人がかりでも持ち上がらない、そんなこともありました。

こちらは主計として、あと何人死んでくれたら、この芋で何人生きられるかという計算をしてしまう。自己嫌悪に苛《さいな》まれました。そんなことは本来、個人で感じなくてもいい罪の意識なんだ。

そんな中で、もう理屈ではなく、「戦争というものは絶対にいかん」という思いが強くなりました。

戦時中の人間の行動は、ともかく綺麗《きれい》ごとなんかじゃない。戦場体験はフィクションではないんだ。生き延びている者には、あのときの事実を語り伝える義務がある、という思いが自分の中にあります。トラック島に華々しい戦闘などなく、国のために戦っているという実感も自分の中にはなかった。我々がひたすら戦っていたのは、補給を断たれた、どこにも逃げ場のない南洋の小さな島での「飢え」だったんです。

戦争が終わって、一年と三ヶ月、米軍の捕虜になりました。復員したのは昭和二十一年の十一月。年配の者や妻子ある者を先に帰し、最終の復員船で帰りました。

水脈《みお》の果て炎天の墓碑を置きて去る

この句は、そのときの光景です。日本から迎えにきた駆逐艦に乗り、大きな珊《さん》瑚環礁《ごかんしょう》の中を進むとき、甲板から島を眺めた。トロモン山は、米軍の空爆にあって岩肌がむき出しになっていました。その山のふもとに、戦没者の墓碑がある。島の酋長にお願いして、建ててもらったんです。船はどんどん遠ざかる。遠ざかっていく島を見つめている私を、仲間たちの墓碑がずっと見守っている気がしてね。

この島で死んだなまなましい存在者たちが、俺たちを見送ってくれている。そう思いました。

社会は生きものがつくっていく

「残りの人生で、トラック島での戦場体験を、誰にでもわかりやすく具体的に語り継ぎたい。そして戦争なんてもののない、おだやかで落ち着いた平和な暮らしこそ、人間の生きる道だという当たり前のことを、みなさんにお伝えしたい」

そう、さっき話したけれど、それからずっと、全国あちこち行ってクロモモさんに対談相手になってもらったり、取材に答えたりしながら、戦争の体験を話しました。

しかしね、語り継ぐっていうのは思った以上に大変だな。聞くほうも真剣だからね。それでも、言うべきことはすべて言ってきたと思います。悔いなし。

東京新聞の「平和の俳句」は、よかったな。あれも三年前（二〇一五年）の正月からです。全国から「平和の俳句」というのを募《つの》って、いとうせいこうさんとわいわい言いながら選び、新聞の一面に毎日載せるんです。

そうしたら、俳句を書いたことのない人が句を寄せてきた。戦争で苦労してきた人が、「生きながらえて申し訳ない」とか、「仲間は戦死した」とか書いてくるんだ。このように謙虚に生きている人がいる。あのときは選評に「好戦派、恥を知れ」と書いた。

それから、「これこそが平和だ」と実際に感じていることを素直に書いてくる若い人たちの句も実によかった。平和の俳句はまさにそれだからね。季語があったってなくたっていい。五七五から出てくる美しい言葉が、日本語の詩を生み出しているということが大事なんだ。

それとね、「平和な俳句」じゃなくて、「平和の俳句」。ここが大事なんですよ。日常のなかで「これこそが自分の平和なんだ」と生の人間が嚙みしめ、味わっていく。戦争体験があろうがなかろうが、季語があろうがなかろうが、関係ない。だから小学生でも老人でもつくれるんだ。

人間が、戦場なんかで命を落とすようなことは絶対あってはならない。それを言葉だけで語り継ごうといっても無理なわけで、体から体へと伝えるという気持ちが大事なんだ。そのときに、五七五という短い詩が力を発揮するんです。俳句は、体から体へと伝わるからね。

大事なことはね、「社会とは、生きものがつくっていくものだ」ということ。そうなんだよ。我々は、生きものなんだよ。うん。

俳句という素晴らしい国民文芸を生かしながら、平和憲法を守り、心ゆたかに、おだやかに、みんなで仲良く生きていこうじゃないか。そう願います。

どうも、舌ったらずで申し訳ない。
……いまのはね、謙遜の弁です。ははは。
ありがとう。今日はこれでおしまい。では、また。

（埼玉・熊谷の自宅にて　二〇一七年十二月十三日、二〇一八年二月一日談）

愛用したのは黒のサインペン

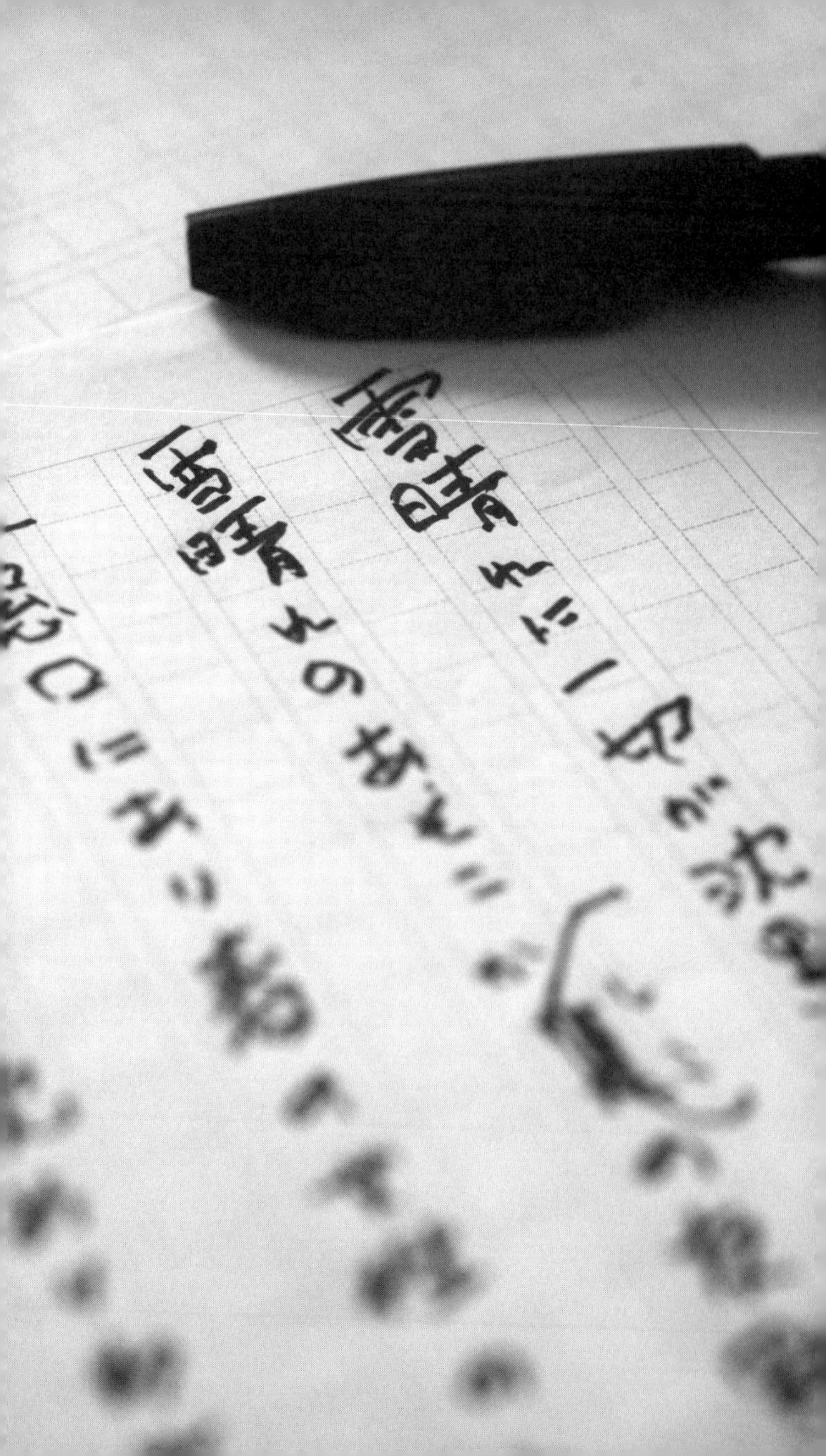

書斎の窓から。手前には梅の大樹、左奥には花梨の木が見える

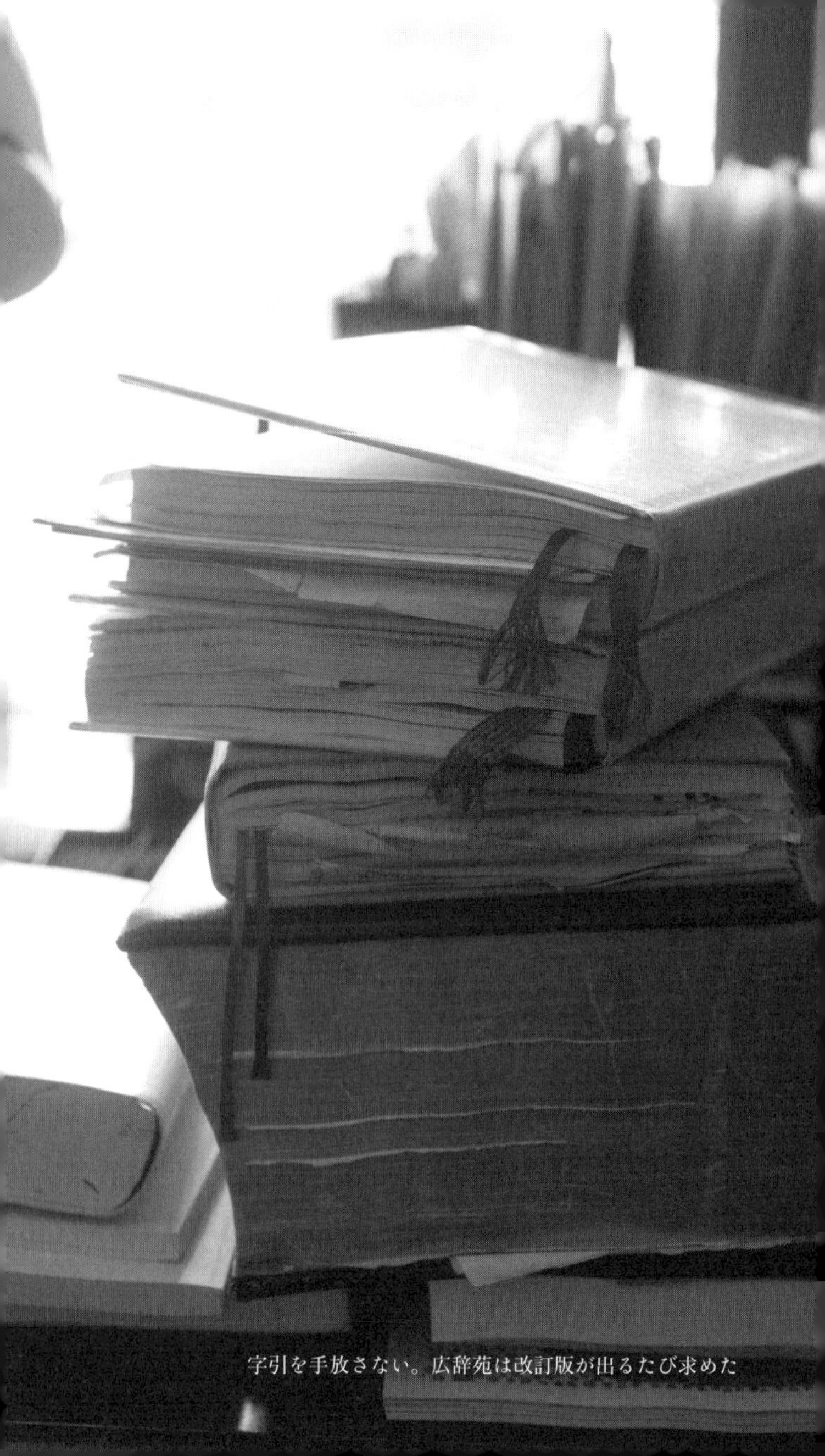

字引を手放さない。広辞苑は改訂版が出るたび求めた

書斎のペン立て

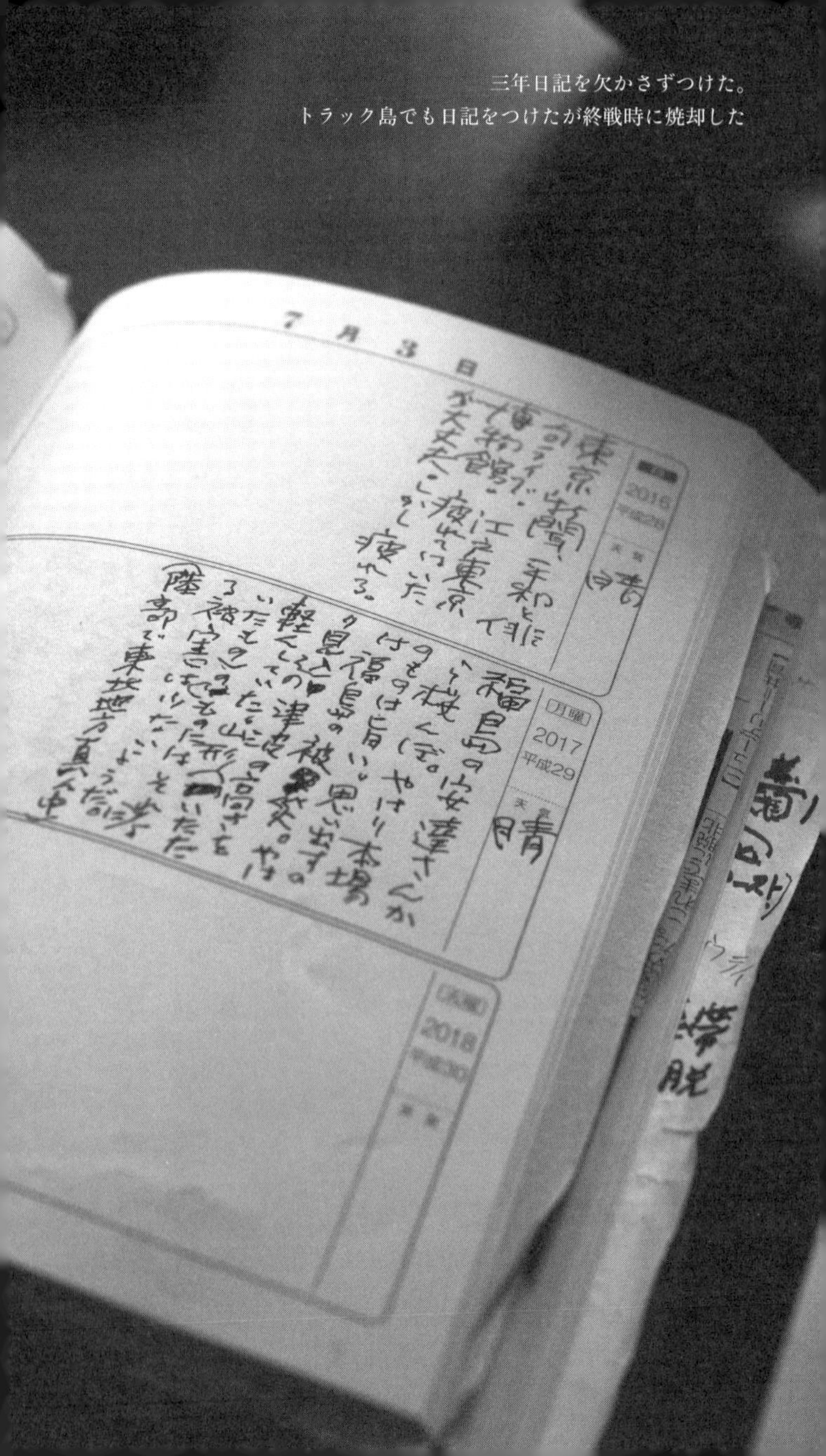

三年日記を欠かさずつけた。
トラック島でも日記をつけたが終戦時に焼却した

レターナイフを手元に置いていた

自画像を添えた短冊「俳諧自由」

床の間に自筆の掛け軸

書斎には写真と自身の干支である羊の置き物も飾られていた

妻・皆子のアルバムには、ふたりの学生証が並べて貼ってある

封筒の中に収められていた写真

温室
メロン

妻・皆子の写真の前に置かれた自転車マシン。
90代まで毎日乗って足腰を鍛えた

自宅の庭。
土も草木も秩父から運ばれ、さらに自然と芽吹いてきた植物もある

俺が俳句なんだよ

談　黒田杏子

俳人、エッセイスト。一九三八年生まれ。「藍生俳句会」主宰。『米寿快談』（金子兜太・鶴見和子、藤原書店）、『語る』（金子兜太・佐佐木幸綱、藤原書店）、『存在者 金子兜太』（藤原書店）、『語る 兜太』（岩波書店）などをプロデュース。また、晩年の「戦場体験語り部」の兜太の聞き手を務め、日本各地をともに巡業した。

社会的事象を俳句に詠んで

金子さんはよく「俺が俳句だ、俳句そのものだ」と言っておられました。また、戦後俳句を切り拓いた同世代の仲間みんなが俳句であるとか、俺たちは俳句そのものなのだよとか。正岡子規国際俳句賞を受賞されたときも、スピーチで明言されていて、何故なら、みんなほぼ一句一句（一九一九年）生まれだからと笑っておられましたね。

私は金子兜太門ではないんです。私が師事したのは山口青邨《せいそん》です。東京女子大学入学と同時に入門しました。

それが、どうしてのちのち金子さんの本をプロデュースしたり、全国で対話講演を重ねてきたりすることになったかというとですね。

私は一九六一年に大学を卒業して博報堂に入ったんですけれど、その前年、日米安保条約に反対する大運動がありました。近年の国会デモとはまた違うかたちで、ものすごいデモがくり返されたんです。

このとき、一九六〇年六月十五日に、樺美智子《かんば》さんという女子学生が亡くなるんです。東大四年生、私より一学年上でした。過激派と呼ばれるグループの一団と国会の構内に入って、警官隊ともみあいになって、圧死されてしまったんですね。デモ隊と機動隊の対決の中で命を落とされたんじゃないか。その日、私たちは国会の外にいたから現場を直接見てはいないけれど、一人の真摯な女子学生が命を落としたときいて、私は死ぬほどのショックを受けました。

金子先生は、私より十九歳上です。日銀に勤めていて、ちょうどその年、地方赴任から東京に帰ってこられた時期でした。その頃はまったく面識がありませんでしたが。

樺美智子さんが亡くなった数日後、樺美智子国民葬が日比谷公会堂でおこなわれた。たぶん彼はそこに行かれたんだと思うんです。そして、

デモ流れるデモ犠牲者を階に寝かせ

この句を発表されています。

私はこの句を何かで知って、感動したのです。樺美智子という女子学生がデモの犠牲者として亡くなったということに、一学年下の学生だった私は、非常な衝撃を受けていた。彼女を「デモ犠牲者」と、金子兜太という十九歳上の俳人が詠んだ。

もちろん、社会性俳句というものもあったし、戦争を詠んだ人達もいたけれど、デモという現実におこっている社会的事象をズバリと詠んだ俳人は、その頃の私の体験の中にはいなかった。私はこの一句で、会ったこともない金子兜太という俳人に関心をもったわけです。

二十代の終わり、私は師の青邨に「金子兜太という俳人をどう思われますか」と質問したんですね。即座に、「あの人はあの人の道を行けばよい。彼はそれができる人物だと思います」というお答えでした。

以来五十年、金子兜太の人生と創作世界を探究し、選句会やテレビでご一緒したり、兜太本をプロデュースしてきたわけです。三年前からは対話講演という形で、全国どこへでも一緒に行きました。金子さんが「戦場体験語り部」となり、私はその引き出し役になる。ウマがあったということなのでしょうね。

私がお話しできるのは、長い歳月の中で金子さんから直接聞いたことです。

戦場の死者に報いるために

金子さんは「覚えておいてくれ。金子兜太を支えてきたのは、トラック島での戦場体験。日銀での冷や飯。俳壇の保守返り。この三つだ」と、くり返し私に言っておられました。いずれも過酷な状況だったんだけれど、それが自分自身を強めた。自分を支えたものはこの三つだ、あんたこのことを覚えておいてくれ、と私に言われ続けたのです。ともかく、この三つの事実が金子兜太を支えるくさびになっていたということですね。

戦後、金子さんは、出征前に入行していた日本銀行に再就職します。戦争から戻ってきて、これからどう生きようか考えながらブラブラしていたところ、運よく復職できた。復職したその頃に、二・一ストがあったという運命。私は当時子どもでしたが、幼いながらに、マッカーサーの司令で日本で初めての国民的ゼネストが中止させられたというニュースをラジオで聞いたことを覚えています。

金子さんはこのことをどう感じていたか。金子さん自身はトラック島という戦場で下級の人たちの虫けらのような死を無数に見てきた。彼らは戦争の意味合いをよく考えて島に来たわけでも、職業人として島に来たわけでもなかった。学歴もなく、故郷で食いつぶしたとかいったことから、戦場で下級の身分になり、そこで兵隊として動いて、次々と餓死していった。
金子さんは、トラック島で目の当たりにした人々の非業の死に報いるために、封建的な身分制度などが残っていた日本銀行を改革したいと発心して、復職と同時に組合活動に身を投じていかれたわけです。職場の先輩たちに「そんなことをすれば、あんたは東大を出ていようがなんだろうが一切出世の道はなくなる」と忠告されたそうですが、金子さんは「私は非業の死者に報いたい」と行動された。ここが、金子兜太が金子兜太の人生を歩む出発点になったわけです。

こまかいことはよくわからないけれど、戦後しばらくは組合活動も比較的自由だったけれども、アメリカでマッカーシズムという赤狩りがあったように、日本でも結局レッドパージなどの動きが出てきて、組合活動は弾圧され、その行動はすべて監視されるようになったようです。

金子さんは共産党員ではなかったのですが、日銀に対して「なにかあればいつでも退職します」という念書を書かされて地方支店へ配置転換、つまり地方に飛ばされるわけです。

最初は福島だった。そのあと神戸、長崎。

日銀をやめて、別の職場を得るという道もあったでしょうけれど、想像するに、いくら昇級しなくても、中央銀行である日銀に勤めているかぎり、月給は出るわけですね。割り切って妻子を養うために、ともかく昇進なしでも五十五歳の定年までは勤めることにされたのだと思います。

「俳句専念」を心に決める

「俳句専念」を決められたのが、神戸支店にいたときだったと聞いています。

神戸支店にいたとき、金子さんのもとに、朝日新聞神戸版の選者の仕事がきたのです。企業では、月給をもらっている人が別の仕事をすることは許されません。日銀にしても同じことです。彼はそのとき上司に呼ばれて、「選者の仕事を受けるということは、こののち、一切昇級はないということを考えたうえでのことですね」と言われたそうです。おそらく彼はここで、俳句専念を心に決めた。まだ俳人として自立できていたわけではなかったと思いますが、関西には当時すぐれた俳人たちが大勢いたから、彼自身も楽しかったし、勉強になったと思うんです。ただし個人的には社宅暮らし。奥さまの皆子さんは「あんたの旦那は組合活動をして」などといじめられたそうですから、大変にご苦労があったはずです。

金子さんがご家族とともに東京に帰ってこられたのが、一九六〇年です。つまり、安保闘争の高まりと終焉を見た。結局、さしたる昇進はなく、金庫番として五十五歳の定年を迎えられたというわけですね。金庫番は、金庫の鍵を夕方に締めて帰るんですね。昼間に来客があれば会うことはできるけれど、毎日夕方には必ず自席にいなければいけない。一日の終わりに、日銀本店の大金庫を締めるのが仕事だということ。勤め人としては屈辱的ですよね。しかしそれをしないと、その日が終わらない。

定年のときにインタビューを受けている写真があります。大いなる反逆精神をもったまま辞められたし、当時の定年というのは五十五歳ですから、お若かったんですね。写真で見てもひどくまなざしが強い。この日から、民間の銀行に移るなどということもなく、「俳句専念」に向かいます。俳句で食べていくのは難しく、しばらくは地方の大学で経済学を教えたりもされていたとのこと。

金子さんが「あんた覚えておいてくれ」と言われた三つの中に「俳壇の保守返り」があったというのは、先ほどお話しした通りです。

たまたま神戸支店にいた頃は「前衛俳句の寵児《ちょうじ》」などと言われて俳壇で一時も

てはやされたんですけれど、世の中全体がいっせいに保守化してゆく中で、前衛俳句や、新たな俳句への取り組みを評価していた時代がひっくりがえってしまったんです。高浜虚子を中心とする伝統的な俳句世界こそが俳句なのだということになったのです。

それまでは、俳句にはいろんな表現方法があっていい。伝統的なものも悪くはないし、季語がなくても、前衛的でも、ポエジーのあるものならいいとか、自由な表現へのかなりの評価があったけれど、それが一気に「俳句は国民文芸で、伝統的なものが本流である」となった。たぶん俳句だけでなく、芸術一般がそうだったのではないかと思います。日本の文化全体が保守的なものをよしとする方に向かった。

金子さんにとっては、俳壇の保守返りは挫折です。意欲的な試みを評価されていた立脚点が、急に外されてしまった。そんな逆風の中での、「俳句専念」です。

彼は六十歳を迎える頃、朝日カルチャーセンター新宿で、俳句講座の講師に。楸邨先生の後釜です。あの頃はカルチャーセンターブームの黄金時代ですから、実に大勢の人が参加。定年後の大きな収入源でもあり、「海程」の、とくに女性メンバーを集める意味でも大きかったのです。仕事を得たし、仲間も増えたし、毎日が愉しく明るい暮らしになられたんじゃないでしょうか。

講座は午前中や昼間に行われていたので、圧倒的に女性の参加が多かった。女性の俳人が世の中にどっと増えてきている時代でしたし、金子さんも「俳句は女性たちの時代だ」と盛んに言っておられました。

金子さんの講座は、作品を添削するレッスンに止まらない。たとえば俳句の古典を読むということで、一茶や山頭火を積極的にとりあげられました。金子イズムは、サラリーマンやふつうの主婦といった俳人志願者にアッピールしたのです。

私は会社勤めをしていましたが、午前中は休めるので、その頃の金子先生の一茶の講義はほとんど聞きにいきました。それはものすごくわかりやすく、奥深い。大学ノートにびっしりと、想像を絶する緻密な講義録を準備されていましたよ。金子兜太は大胆だと思う人が多いのですが、実は誰よりも繊細で緻密な情念の人なのです。

一茶は、外国では明治時代から親しまれていて、たいへんな作家だと言われるけれど、国内では、一茶は長らく低く見られていたわけです。芭蕉が俳聖、俳句の聖《ひじり》としてあがめられているといったことに対する反骨精神もあって、金子さんは一茶を調べていかれたんじゃないかと思います。教室で素人のみんなに語るという形をとりながら、一茶に学びトコトン勉強もされたということでしょう。一茶を研究していた人がそれまでいなかったわけではないのです。けれども、俳句の実作者で、全身で取り組んでいた人はいない。それで金子の一茶が広まったわけです。実作者でありつつ、古典を深く語る。それが金子兜太だったのです。

金子さんが強調されたのは、アニミスト一茶の現代性でした。一茶は、生活そのものを詠む、小動物なども詠む、つまりはアニミズムそのものということだ、と。

さらに、一茶の「六十歳で荒凡夫《あらぼんぷ》になりたい」と書き遺した言葉を、「荒凡夫」即ち「自由で平凡な男」と受け取り、ここにまぎれもない一茶の人間性を見ていました。自分の本能をつぶさないで、人間のプラスもマイナスもあわせもち、欲は欲として生きる、ということです。そこに共感、一茶を世間に広く普及したのが兜太さん。

芭蕉は芭蕉で立派だけれど、一茶の中に、金子さんを育てた秩父の知的野性の人々、あの、学歴などはなくとも表現力がありものすごく意欲があった青年たちと共通する魅力を見出されたのですね。一茶は二万句ほど残していて、芭蕉は約千句。一茶は多作で、すべての句がいいわけではない。でも一茶の大衆性やバイタリティ、庶民性に、金子さんはぐんぐん惹かれ、心の底から一茶は本当にすごいと思われたんだと思います。

金子さんの戦後の俳句すべてが、口当たりよくポピュラーに覚えていけるような作品ではないけれど、金子先生が一茶について語ることが、即ち日本中の人々が金子さんに親しみをもつ入り口になったという面はたしかにあったと思います。

「荒凡夫」から「存在者」へ

率直に言って金子さんご自身の俳句は、この国の人々に広く理解され親しまれるということは少なかったと思いますが、定年を前に、皆子夫人のすすめで熊谷の土地に移り住み、秩父の山谷を歩いたりされるようになりました。秩父という自然に恵まれた土地の野生児として育ってこられた人。もともとその素地はあったわけですね。

ご本人は定年になったら東京のマンションで俳句専念の活動を進めるつもりだった。さらに言えば、お若いときは植物になんて全く興味をもっておられなかったのです。けれども、土に根付いた生活を重ねてゆく中で、子どものときに体験していた世界に、ごくごく自然なかたちで回帰し、誰よりも本格的なアニミストになっていかれた。

つまり、自然と社会、この両方を以って身にしみて共感できる詩人に完全に生まれかわられたということですね。

しかし、俳壇では、金子兜太が保守返りをしたとか、季語のない句をつくっていたのに有季定型に戻ったといった形で批判もされたんですよ。けれども彼自身は、ご自分をここでもう一度本来の自分に変革しようと一大発心。もちろん季語のない句もつくられたけれど、どーんと大地にしっかり立ってすべてをあるがままに受け入れ大きくなっていかれたんだと思うんですね。単純に伝統的なものに戻られたわけではなく、前衛的な世界を抱きつつ、日本人が古来受け継いできた自然観を深くたっぷりとご自分の中に生かしていく道をとられた。

八十代になられてのちは「覚えておいてくれ」のあの三つのキーワードはご本人がお忘れになられましたね。すっかりね。そしてこのあたりから年毎に、お顔の表情がぐんぐんとよくなられてゆきます。どなたにも「いい顔」の人物として知られ、親しまれてゆくのです。

九十六歳のとき、それまでずっと「荒凡夫として生きる」と公言されてきた金子さんは、朝日賞受賞スピーチで「存在者として生きる」と宣言されました。

存在者とは、そのままで生きている人間、率直にものを言う、生の人間のことだと、金子さんはこの日、言われました。

「荒凡夫」と「存在者」は、意味としてはそんなに大きくは違わないかもしれないけれど、自分自身を「存在者」と名乗るということは、「荒凡夫」と自称するよりももっと、ひとまわりもふたまわりも大きいことだと思いませんか。

自分を話題づくりとして印象付けるためのキャッチフレーズなどでなく、ご自分自身の人生観と自然観が、年輪を重ねておのずと発展、深まり変化してきた。古典に学んで荒凡夫として生きたいと願うことから脱皮し、今度は自分を「存在者」という言葉で立ち上げ、大きく飛躍させた。「私は存在者として生きる。すべての人間は存在者として生きるべきである」、人間の生き方について「私はこれが人間の正しい道だと思う」と言い切られた。そして、現役人生をまっとうされたわけですね。

河より掛け声——最期の九句より

解説　黒田杏子

人生は未完のままで

私はくり返し金子さんにも申し上げてきたのですけれど、俳人金子兜太の特徴は、「現在進行形で完結していない」んです。

大方の俳人は七十歳ぐらいで句作のピークがきて、詩人、クリエイターとしての創作の世界が完結する。あとの人生はそれまでの努力の恵みですか。余力みた

雪晴れに一切が沈黙す

雪晴れのあそこかしこの友黙まる

友窓口にあり春の女性の友ありき

犬も猫も雪に沈めりわれらもまた

〃　ド入浴の日あり誰が決めた

〃　に入浴ありと親しみの

河より掛け声さすらいの終るその日

陽の柔わら歩ききれない遠い家

いな感じで十分いけるのです。

でもね、金子兜太は、一貫して現在進行形なんです。金子さんはずいぶんいろんな賞をもらっていますが、どれも皆遅いんですね。蛇笏賞《だこつしょう》もたしか八十代だったでしょう。そのこともすべて、現在進行形の作家誕生につながったと私は見ています。

ましてね、ご自分では死ぬなんて全く思っておられないから、朗々とつねに未完なんです。

ご覧ください。金子さんが最期につくられた九句です。とは言っても、この方は辞世の句をつくろうと思われたわけではないんです。ご自分が死ぬなんて思っておられませんでしたから、ただいつものように「最近できた句だよ」と信頼するひとり、息子の眞土《まつち》さんに手渡されたんです。

ともかくね。この中に、すごい句が入っています。これですね。

河より掛け声さすらいの終るその日

河というのは、秩父を流れている荒川のことです。金子さんが子どものときからずっとご自分の傍を流れていた川ですね。そこから掛け声が聞こえるという。不思議でしょ。でもね、「掛け声」といったら、この方にとっては秩父音頭しかありません。

ハァーアーエ　鳥も渡るか　あの山越えて　鳥も渡るか　あの山越えて　コラショ　雲の　ナァーエ　雲のさわ立つ　アレサ　奥秩父　ソウトモソウトモ
ソウダンベ　アチャムシダンベニ吊シ柿　コラショ

各地での対話講演会の〆《しめ》でもよく、金子さんはこの唄を歌っておられましたが、掛け声もご自分で掛けておられました。本来は、掛け声は歌い手ではなく聴き手が掛けるのですが、各地の聴衆は秩父音頭を知りませんからね。

そしてこの「さすらい」は、若き日の彼の論考「定住漂泊」にも出てくる思想。金子さんはよく「自分の人生はさすらいだった」と。人間は、自分たちの社会に定住してなんとか生きてゆこうと苦労している。その一方で、原始のアニミズムの世界を原郷とし、そのズレの中でこころさまよう。つまり定住漂泊こそ、社会生活を営む人間の有り態だ、と。

金子さんが原稿用紙に手書きでこの句を書かれたとき、ご自分の人生はまだ終わってないんです。おそらく、いつかご自分の一生の終わるときに産土の荒川からの掛け声が聞こえる、という句です。ゆくりなくも俳人金子兜太はこの一句でご自分の人生を締めくくられたんです。芭蕉の句よりも素晴らしいと思います。

芭蕉は大阪で

旅に病んで夢は枯野をかけめぐる

を、苦しんで苦しんで詠み上げられています。金子さんは辞世の句としてではなく、あくまで俺の近作だよと、さりげなく息子に九句を手渡された。その中に金子兜太一代の圧巻のこの句がある。結果として、この一行を以って、彼の俳人としての百年に及ばんとする生涯は見事に締めくくられたということですね。アニミスト兜太、本領発揮の一行。見事、現役往生大往生。前人未到。安らかにゆたかに極上の一生《ひとよ》を閉じられました。

熊谷の自宅近くを流れる川。荒川につながる

略年譜

一九一九年 〇歳 九月二三日、父元春、母はるの第一子として埼玉県小川町で生まれる。父は医師を務める傍ら「伊《い》昔紅《せきこう》」の俳号で活動。兜太出生時は中国・上海の東亜同文書院校医を務めていた。

一九二六年 七歳 父、上海より帰国。皆野小学校入学。

一九三二年 一三歳 埼玉県立熊谷中学校（現熊谷高校）入学。

一九三七年 一八歳 旧制水戸高等学校文科乙類入学。柔道部に入部。一年上級の出沢珊《さん》太郎《たろう》に誘われ、初めて俳句を詠む。以後、『俳句研究』、「寒雷」（加藤楸邨主宰）への投稿を行う。

一九四一年 二二歳 一浪後、東京帝国大学経済学部入学。太平洋戦争始まる。

一九四三年 二四歳 九月、半年繰り上げで東京帝大卒業。日本銀行に入行するも三日で退職し、海軍主計短期現役として、品川経理学校で訓練を受ける。

一九四四年 二五歳 三月、主計中尉に任官し、トラック島夏島（現デュブロン）第四海軍施設部に赴任。直属の上司である詩人の西村皎三（矢野兼武主計中佐）の提案で句会を開く。

白梅や老子無心の旅に住む

曼珠沙華どれも腹出し秩父の子
蛾のまなこ赤光なれば海を恋う
木曾のなあ木曾の炭馬並び糞《ま》る
裏口に線路が見える蚕飼かな
霧の夜の吾が身に近く馬歩む

一九四五年　二六歳　戦局が悪化し、夏島から秋島（現フェファン）に移動。主計大尉となり敗戦を迎え、米軍の捕虜となる。

一九四六年　二七歳　十一月、最後の引揚船「桐」で復員。

一九四七年　二八歳　二月、日本銀行に復職。四月、埼玉・野上町（現長瀞町）の眼科医の娘・塩谷《しおのや》みな子と結婚。「寒雷」の同期・沢木欣一の俳句同人誌「風」に参加。

一九四八年　二九歳　長男眞土《まつち》が生まれる。反戦、平和の思いから日本銀行従業員組合に参加。翌年初代事務局長として組合活動に専念する。

一九五〇年　三一歳　十二月、日銀従業員組合を退かされ、福島支店に転勤。

一九五三年　三四歳　九月、神戸支店に転勤。

一九五四年　三五歳　「風」のアンケート「俳句と社会性」で「社会性は態度の問題である」と答えて話題に。

一九五五年　三六歳　第一句集『少年』（風発行所）出版。

一九五六年　三七歳　関西の俳人による「新俳句懇話会」に参加。現代俳句協会賞を受賞。俳句専念を期するようになる。

一九五八年　三九歳　長崎支店に転勤。

一九六〇年　四一歳　日本銀行本店に転勤。帰京の途、長崎からの船上で「海程」という言葉を着想し、「海程」百句を『俳句』に発表。

水脈《みお》の果て炎天の墓碑を置きて去る

朝日煙る手中の蚕妻に示す
墓地も焼跡蟬肉片のごと樹々に

きよお！と喚いてこの汽車はゆく新緑の夜中

銀行員ら朝より蛍光す烏賊のごとく
朝はじまる海へ突込む鷗の死
原爆許すまじ蟹かつかつと瓦礫歩む
青年鹿を愛せり嵐の斜面にて
人生冴えて幼稚園より深夜の曲

湾曲し火傷《かしょう》し爆心地のマラソン

帰京後すぐに日米安保闘争による樺美智子国民葬の報に触れる。

一九六一年　四二歳　「社会性は態度の問題である」発言を土台に「造型俳句六章」を『俳句』に連載。山本健吉と論争になる。所属していた現代俳句協会が分裂し、俳人協会発足。中村草田男と論争になる。第二句集『金子兜太句集』（風発行所）出版。

一九六二年　四三歳　同人誌「海程」創刊。

一九六五年　四六歳　『海程合同句集』（海程発行所）発行。『今日の俳句』（光文社カッパブックス）がベストセラーに。

一九六六年　四七歳　『金子兜太句集』（海程戦後俳句の会）出版。

一九六七年　四八歳　日本銀行の社宅を出て、埼玉・熊谷に転居。以後、亡くなるまで住み続ける。

一九六八年　四九歳　第三句集『蜿蜿』（三青社）出版。

一九七二年　五三歳　第四句集『暗緑地誌』（牧羊社）出版。

一九七四年　五五歳　長男眞士、星野知佳子と結婚。以後、兜太が亡くなるまで同居する。九月、日本銀行定年退職。上武大学教授となる。第五句集『早春展墓』（湯川書房）、評伝『種田山頭火』（講談社現代新書）出版。

デモ流れるデモ犠牲者を階に寝かせ

果樹園がシャツ一枚の俺の孤島
わが湖あり日陰真つ暗な虎があり

どれも口美し晩夏のジャズ一団

無神の旅あかつき岬をマツチで燃し

三日月がめそめそといる米の飯
人体冷えて東北白い花盛り

涙なし蝶かんかんと触れ合いて
夕狩の野の水たまりこそ黒瞳《くろめ》

馬遠し藻で陰《ほと》洗う幼な妻
海とどまりわれら流れてゆきしかな

山峡に沢蟹の華微かなり

一九七五年　五六歳　『金子兜太全句集』（立風書房）に未刊句集『生長』と第六句集『狡童』を収録。
一九七七年　五八歳　「海程」創刊一五周年記念全国同人大会。父、元春死去。第七句集『旅次抄録』（構造社出版）出版。
一九七八年　五九歳　東京・新宿の朝日カルチャーセンターの俳句講座講師に就任し、九〇歳まで続ける。
一九七九年　六〇歳　上武大学辞職。「海程秩父俳句道場」始める。
一九八一年　六二歳　第八句集『遊牧集』（蒼土舎）出版。
一九八二年　六三歳　「海程」創刊二〇周年記念大会。第九句集『猪羊集』（現代俳句協会）出版。
一九八三年　六四歳　現代俳句協会会長、角川俳句賞選考委員になる。
一九八五年　六六歳　「海程」同人代表から主宰になる。福島県文学賞選考委員になる。第十句集『詩経国風』（角川書店）出版。
一九八六年　六七歳　朝日俳壇選者に決まる。第十一句集『皆之』（立風書房）出版。
一九八八年　六九歳　妻皆子、第一句集『むしかりの花』（卯辰山文庫）出版。
一九八九年　七〇歳　伊藤園「お〜いお茶新俳句大賞」創設に伴い最終選者となる。
一九九一年　七二歳　自選句集『黄』（ふらんす堂文庫）出版。
一九九五年　七六歳　自選句集『金子兜太』（花神社）、第十二句集『両神』（立風書房）出版。

ぎらぎらの朝日子照らす自然かな

霧に白鳥白鳥に霧というべきか
大頭の黒蟻西行の野糞
梅咲いて庭中に青鮫が来ている
谷間谷間に満作が咲く荒凡夫
山国の橡の木大なり人影だよ

どどどどと螢袋に蟻騒ぐぞ
牛蛙ぐわぐわ鳴くよぐわぐわ
夏の山国母いてわれを与太と言う
雪の日を黄人われのほほえみおり

長生きの朧のなかの眼玉かな
春落日しかし日暮れを急がない

一九九七年　七八歳　妻皆子、第二句集『黒猫』（花神社）出版。
二〇〇一年　八三歳　第十三句集『東国抄』（花神社）出版。
二〇〇四年　八五歳　母はる、一〇四歳で死去。
二〇〇六年　八七歳　妻皆子、八一歳で死去。
二〇〇七年　八八歳　顔面神経麻痺になる。妻皆子の遺句集『下弦の月』（角川書店）を編集・出版。
二〇〇九年　九〇歳　第十四句集『日常』（ふらんす堂）出版。
二〇一一年　九二歳　胆管に癌が見つかり、手術。『兜太自選自解99句』（角川学芸出版）出版。
二〇一二年　九三歳　「海程」創刊五〇周年。
二〇一五年　九五歳　戦後七〇年を期に企画された東京新聞「平和の俳句」選者になる。安全保障関連法案への反対が広がるなか「アベ政治を許さない」を揮毫。
二〇一八年　九八歳　二月一日、『金子兜太 私が俳句だ』最後のインタビューを受ける。四日、絶筆となる九句を原稿用紙に記す。六日、誤嚥性肺炎の疑いで熊谷市内の病院に入院。二〇日、急性呼吸促迫症候群で死去。「海程」四月号に絶筆の九句が掲載される。六月二二日、有楽町朝日ホールで「お別れの会」が開かれる。

＊『語る兜太』（岩波書店、二〇一四年）略年譜を参考に作成しました。
＊正確な制作年不明の句は、収録された句集より前に掲載しました。

おおかみに蛍が一つ付いていた
老母指せば蛇の体の笑うなり
ブーメラン亡妻と初旅の野面《のづら》
秋高し仏頂面《づら》も俳諧なり
子馬が街を走つていたよ夜明けのこと
長寿の母うんこのようにわれを生みぬ
津波のあと老女生きてあり死なぬ
定住漂泊冬の陽熱き握り飯
朝蟬よ若者逝きて何んの国ぞ
河より掛け声さすらいの終るその日
陽の柔《や》わら歩ききれない遠い家

のこす言葉 KOKORO BOOKLET

金子兜太 私が俳句だ

発行日――2018年8月24日 初版第1刷発行

著者――金子兜太

編・構成――渡辺尚子

編集協力――金子眞土・知佳子
黒田杏子
中嶋鬼谷

発行者――下中美都

発行所――株式会社平凡社
〒101-0051 東京都千代田区神田神保町3-29
電話 03-3230-6583〔編集〕
03-3230-6573〔営業〕
振替 00180-0-29639

印刷・製本――シナノ書籍印刷株式会社

写真――松本のりこ

装幀――重実生哉

ISBN978-4-582-74111-7
NDC分類番号914・6 B6変型判(17・6cm) 総ページ112
平凡社ホームページ http://www.heibonsha.co.jp/